阅读是
更好的陪伴

"太晚了，快点儿睡觉！"妈妈说。

"啊，可是我还不困嘛。"

萌萌一点儿都不想睡。

爸爸这时刚刚回到家。

はら まさかず
〔日〕原正和……著

くろい けん
〔日〕黑井健……绘

岳远坤……译

梦里的小船

四川文艺出版社

"再不睡，明天就起不来了。"妈妈说。

"可是，我睡不着啊。"

这时，正在吃饭的爸爸开口说：

"萌萌，跟爸爸一起睡吧。

爸爸给你讲个好玩儿的故事。"

萌萌和爸爸躺到床上，

爸爸给萌萌讲了一个故事：

"爸爸小时候，也常常睡不着。

睡不着的时候，就去天空飞翔。"

"咦？爸爸，你是怎么做到的？"

爸爸咯咯笑了起来。

"你想象一下，如果空中有一条船……"

萌萌开始在脑海中描绘船的形状。

"船太重了，浮不起来。"

"那就给它拴上一些气球吧。"

于是……

小船轻轻地浮上了天空。

"哇，真的有一条小船。"

"上去试试吧。"

"不会掉下去吧？"

"别担心。"

萌萌轻轻地跳上小船。

"哇，真的上来啦。"

"好嘞，准备出发！"

小船缓缓地开动了。

"这小船真不错呢。"
蝙蝠爸爸和它的孩子飞过来，
交口称赞。

9

"哎呀，划不动了。"
"那就解开气球吧。"
萌萌解开气球，
爸爸用力划船。
小船迅速向前滑行。

"哇，好漂亮啊。"

夜晚的城市灯火闪烁。

"瞧，爸爸，这是去幼儿园的路。"

"是啊。"

"爸爸你看这条坡道！妈妈每天骑着自行车，吭哧吭哧地往上爬。"

"嗯，那可真辛苦啊。"

萌萌给爸爸介绍着下面的街道。

风越来越大了。

小船开始摇晃，差点儿被掀翻。

"我们把船变大一点儿吧。你想要什么样的船？"爸爸问。

"我想要一条闪闪发光的船。"

"捕乌贼的渔船上就有很多灯，很漂亮的。"

于是……

小船变成了一条大渔船。

渔船发出美丽的银光，乘风破浪向前行驶。

就在这时，爸爸说道：

"萌萌，你看，有很多铁塔在移动。"

萌萌开心地叫了起来：

"好大的乌贼啊。"

乌贼在天空中跳跃着。

"游过来了。"爸爸说道。

乌贼伸出长长的电线手，

紧紧地缠住渔船。

渔船剧烈地摇晃起来。

"啊！"

萌萌朝着下面的山丘大叫起来。

"救命啊！"

咣咣咣——

山丘晃动了一下，发出山崩地裂的响声。

原来，那是一条鲸鱼。

鲸鱼起身，巨大的身体离开了地面。

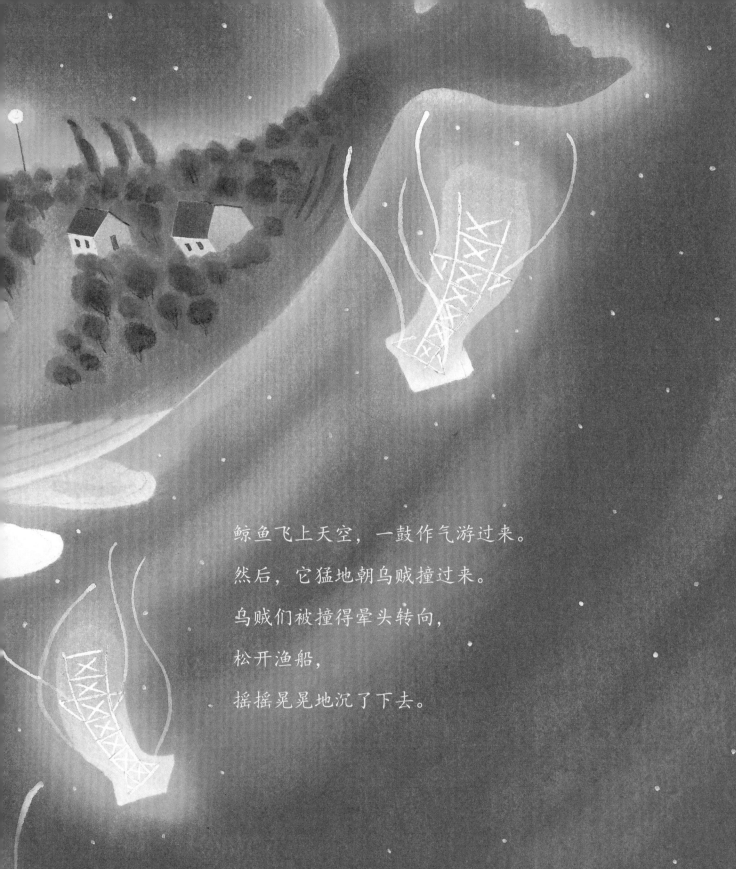

鲸鱼飞上天空，一鼓作气游过来。

然后，它猛地朝乌贼撞过来。

乌贼们被撞得晕头转向，

松开渔船，

摇摇晃晃地沉了下去。

乌贼们又变回了铁塔。

"鲸鱼先生，谢谢你。"

爸爸和萌萌朝鲸鱼挥了挥手。

这时，鲸鱼向天空中喷出了水柱，

四散的水花变成了无数颗小星星，

从他们的头顶飘落下来。

风变得轻柔了。

萌萌提议说：

"把渔船变成一艘快艇吧。"

于是，捕乌贼的渔船变成了一艘快艇。

快艇迎着风，

在夜空中缓缓前进。

鲸鱼先生又变回了山丘。

萌萌轻轻地打了一个哈欠。

"困啦？"

"有点儿。"

"那我们回家吧。"

爸爸划着快艇，

在美丽的星空中转了一圈，

慢慢地往家走。

蝙蝠爸爸和它的孩子发出感叹：

"今晚好美啊。"

萌萌家的公寓出现在眼前。

这时，萌萌已经闭上了眼睛，马上就要睡着了。

爸爸把船划到窗边，轻轻地靠岸。

"萌萌，晚安！"

　　我和我的女儿就像这个故事里的这对父女一样，喜欢一起编故事。起初女儿只是听我讲，但是不久，她就开始和我一起讲故事了，再后来她便开始自己讲故事。"梦里的小船"开始时只是一条小船，而现在却变成了一艘豪华客船，上面甚至还有一个游乐场。每天晚上，我和女儿一起，飞过一座又一座城市，发现睡不着觉的孩子，就把他们接到我们的船上来。船上有很多朋友。和孩子共享想象的世界是一件很幸福的事。各位家长和小朋友，一定要像故事里的这对父女一样，造一艘"梦里的小船"，培养丰富的想象力。

● **原正和**（はら　まさかず）

　　1972年生于日本爱知县。毕业于东京都立大学经济学部。作家、编辑、日本儿童文学者协会会员。著有两部以自己和女儿"小友"间的故事为题材的作品，此书就是其一，另一部为《和父亲一起漫游故事世界：父与子12个月的故事》。另外还在日本全国信用金库协会的月刊杂志《我快乐的家》上连载《父亲的心情》系列随笔。

　　我家住在多摩丘陵地区的一角。在那里，大大小小的山丘连绵起伏，还有一排排高压线的铁塔，可以说是这本图画书最好的配图背景。为这个故事创作配图之前，每当看到那些电线塔，我就想到宫泽贤治的童话《月夜的电线杆》，在脑海中将其想象成士兵。创作这本书的配图时，我晚上一边看着那些电线塔，一边散步。在车站的灯光的照耀下，那些铁塔终于在我的脑海中变成了大王乌贼的形状。画完《梦里的小船》后的好几天时间里，每次看到铁塔就总以为那是大王乌贼，切身感觉到截稿日正在逼近。

● **黑井健**（くろい　けん）

　　1947年生于日本新潟县。毕业于新潟大学。主要绘作有《小狐狸阿权》《小狐狸买手套》《谢谢你，来做妈妈的宝宝》《不要哭，不要哭》《赏月》《铃奶奶的口琴》，以及《可爱的咕噜汪》系列等，另绘有画集《云的信号》《密西西比》《回故乡》等。负责绘制的绘本超过200部。2003年，在日本山梨县开设了展示自己作品原稿的"黑井健绘本馆"。

　　每天晚上哄你闺女睡觉，都是一场战争。妻子如是说。

　　因此，我们也读了很多以睡觉为主题的图画书。在这些"哄睡"题材的图画书中，有的故事像催眠曲，以亲子对话的形式娓娓道来，慢慢地把孩子带入梦乡；有的图画书则用诙谐有趣的语言，栩栩如生地再现了孩子睡觉前与父母的斗智斗勇的经过；还有的图画书甚至以威逼恐吓作为手段，试图让孩子乖乖就范。这些图画书无不告诉我们，让孩子按时睡觉是一件多么困难的事。

　　这本图画书也是以妈妈的睡觉命令开始，讲述了一个小女孩和爸爸一起在想象中乘船遨游天空的故事。故事叙事巧妙，里面的爸爸与其说是故事的主人公，不如说是一个故事的引导者。他循循善诱，将不愿睡觉的女儿带入两人想象的世界中，与女儿共享并一起构建她想象的世界，最后小船缓缓靠岸，将她送进温暖的梦乡。

　　我的女儿今年三岁了。从不到一岁的时候开始，我们便给她读图画书。女儿大约两岁的时候，睡前经常不停地说话，起初是只言片语，没有逻辑，当时我甚至有点害怕会不会有什么问题，查了一下才知道这是所谓"语言爆发期"的正常现象。原来，从那时起，她就已经开始用自己知道的只言片语来描绘和构筑自己想象的世界，与世界发生联系了。再后来，她的自言自语逐渐就有了条理，有时甚至能借助几幅图画讲出她自己的故事。

　　我想，如果我早点看到这本绘本，说不定也能像作者那样，早点和孩子共享她睡前自己想象的世界。

　　现在，"梦里的小船"飞到了中国，船上又多了一个三岁的小女孩。我们将会和作者父女一起，飞过一座座城市，去寻找那些晚上不按时睡觉的小孩，把大家接到"梦里的小船"上来，让我们一起把它变得更大，让它飞得更远吧。

● **岳远坤**

　　1981年生于山东济宁，北京大学外国语学院日语系助理教授。2011年曾在本书作者的母校（当时已更名为首都大学东京）人文学部留学一年，当时也住在绘者所说的多摩丘陵地区的一角。研究方向为日本文学，至今翻译出版日本文学作品若干。家有三岁小女，闲暇时为她翻译一些可以陪伴她成长的图画书，主要有《猫村》《小蚂蚁和大豆包》等。

图书在版编目（CIP）数据

梦里的小船 /（日）原正和著；（日）黑井健绘；岳远坤译 . -- 成都：四川文艺出版社，2018.5

ISBN 978-7-5411-5071-5

Ⅰ . ①梦… Ⅱ . ①原… ②黑… ③岳… Ⅲ . ①儿童故事 - 图画故事 - 日本 - 现代 Ⅳ . ① I313.85

中国版本图书馆 CIP 数据核字 (2018) 第 075386 号

Yume no fune
Text Copyright © 2017 by Masakazu Hara
Illustrations Copyright @ 2017 by Ken Kuroi
First published in Japan in 2017 by Child Honsha Co., Ltd., Tokyo
Simplified Chinese translation rights arranged with Child Honsha Co., Ltd.
through Japan Foreign-Rights Centre/ Bardon-Chinese Media Agency

著作权合同登记号：图进字 21-2018-264

MENGLI DE XIAOCHUAN
梦里的小船
〔日〕原正和 著　〔日〕黑井健 绘　岳远坤 译

策划出品　磨铁图书
责任编辑　张亮亮　周　轶
特约监制　赵　菁　单元皓
特约编辑　董铮铮
版权支持　冷　婷　马力遥
封面设计　xtangs@foxmail.com
版式设计　李春永

出版发行　四川文艺出版社（成都市槐树街 2 号）
网　　址　www.scwys.com
电　　话　028-86259287（发行部）028-86259303（编辑部）
传　　真　028-86259306
邮购地址　成都市槐树街 2 号四川文艺出版社邮购部　610031
印　　刷　北京彩和坊印刷有限公司
成品尺寸　212mm×244mm　1/16
印　　张　2
字　　数　20 千
版　　次　2018 年 6 月第一版
印　　次　2018 年 6 月第一次印刷
书　　号　ISBN 978-7-5411-5071-5
定　　价　42.80 元